M
A
l
1

Faic

C

l

MIRACLE

ARRIVÉ EN LA VIL-
le de Bonny sur Loyre, souz
l'Eveschéd'Auxerre.

*Faict par les prieres du Reuerend Pere Piteau
Cordelier, & en presence de tous les ha-
bitans de ladite Ville.*

A PARIS,
Chez la veuue Hubert Velut, &
Paul Mansan, ruë de la
Tannerie.

M. DC. XX.

MIRACLE ARRIVÉ

depuis peu de iours en la Ville de Bonnye d'vn Maçon cheu dedans vn puits
tres-profond, souz des ruynes, & pre-
seruè de la Mort, par les prieres d'vn
bon Pere Cordelier.

A misericorde de Dieu, tas-
che iournellement à faire
voir à l'incredulité des mes-
creans, qu'elle peut tout ce
qu'il luy plaist, & qu'elle n'af-
fectionne moins ceux qui veullent à pre-
sent aller à salut qu'elle a fait du temps de
nos Peres ceux qui en recherchoient la
voye, se manifestant par miracles infinis,
pour monstrer combien les œuures de
nature sont inferieures aux siennes qui
sont visibles, mais incomprehensibles.
Son immense bonté a estimé que c'estoit
vn vray moyen pour conuaincre l'infide-
lité, & fendre la presse des tenebres des
Incredules ou des Ignorans. Quelques

Docteurs de l'Eglise ont dit que le Miracle estoit vne voye asseuree pour cognoi-
stre la verité, & que où le miracle se ren-
contre en ceste party (par consequence,
absoluë) estoit la Foy & la vraye Eglise,
de laquelle le Miracle est vn tesmoignage
de Dieu, vne œuure de Dieu, vne lettre
patente escrite du doigt de Dieu, vne eui-
dente lumiere de la Verité : ce que ce tesmoignage affirme ne peut estre douteux,
ce que ceste lettre authorise ne peut estre
reietté, ce que ceste lumiere illumine ne
peut estre tenebreux. C'est pourquoy S.
Augustin disoit qu'il auoit esté retenu en
l'Eglise par les liens des Miracles, Dieu
parle par iceux, & on ne peut mieux en-
tendre la Verité que par ce langage, que
personne ne peut parler que la tressaincte
Ma esté. Richard de sainct Victor enten-
dant parler des Miracles, ose sainctement
proferer ces paroles, *Seigneur, si ce que nous*
croyons est erreur, nous sommes deceuz par vous.
Car les choses que nous croyons ont esté confir-
mées par des signes, prodiges, & miracles qui ne
peuuent estre faicts que par vous. Cessent dõc
desormais les mal-sentens de la Foy, de
ne point croire aux Miracles, il s'y en faict
tous les iours de nouueaux. Depuis peu il

en est arriué vn en la Ville de Bonnye,
d'vn Maçon nommé Leonard Pignault,
ayant fait marché auec vn habitant de la
fuldite Ville (nommé Guy Gordet) pour
racommoder & remettre quelques pierres en fon puits profond de 14. à quin-
ze toises, qui eftoit en vn fien Iardin, def-
cendit dedans ledit puits, contre l'aduis
neantmoins de plufieurs qui là eftoient
prefents, & entr'autres de M. Guillaume
Poyau, qui dit audit Pignault que dedans
ce puits eftoit vn abyfme, & qu'il fe gar-
daft bien de tenir fon marché, & de deual-
ler dedãs vne telle profondité s'il ne vou-
loit y demeurer, à quoy ledit Pignault fit
refponce, i'ay prié le bon Dieu à ce matin
il me preferuera s'il luy plaift, ce dit il, de-
ualle vne efchelle auec la corde, & par a-
pres auec icelle il fe defcend lors, cuidant
faire ce qu'il auoit promis, & reparer ce
qui eftoit demoly dedans, quelques pierres s'efboulerent, qui luy donnerent vne
telle apprehenfion qu'il s'efforça de re-
gaigner le haut de l'efchelle, où eftant il
fe mit à prier Dieu & inuoquer fon faint
nom à fon befoing auec ferme foy, par le
moyen dequoy il fortit d'vn grand peril
la vie fauue comme vous orrez, ledit puits

A iij

duquel les fondements estoient minez, &
qui auoit beaucoup de pierres qui por-
toiët à faux, fondit depuis le haut iusques
en bas sur ce pauure hôme, & auec vn tel
bruit que chacü y accourut: voyāt vn tel
debris, croyant que le pauure Maçon fut
tout brizé. Le Pere Piteau Cordelier, que
Monseigneur l'Euesque d'Auxerre leur
auoit donné pour Predicateur y suruint,
& fit demeurer ceux-là qui s'en retour-
noient, pleurant le desastre de Pignault,
leur remôstrant qu'il ne falloit ainsi abā-
donner son prochain, & que chacü se de-
uoit plustost employer à decombler ce
puits. A l'instant ce reuerend Pere feit la
benediction dessus, & pria Dieu fort de-
uotement deuant toute l'assistance, ses
prieres estant finies, ayant fait faire silen-
ce, il commença à crier à haulte voix par
3. fois. *Pignault*, *Pignault*, *Pignault*, mō amy
respondez-moy au nom de Dieu, & di-
ctes vostre *Confiteor*, à ceste voix Pignault
respond, Monsieur ie le vay dire. Le Pere Piteau reitera sa benediction sur ces
ruynes qui enfermoiët le ludit Pignault,
& encouragea l'assistance à retirer les
pierres & grauois de ceste abysme, On
fut depuis huit heures du matin, iusques

à vnze heures du soir tousiours apres sans
cesser, & tant que Pignault fut retiré de
dessous vn si grand accablemét de pierres, estant sorty miraculeusement des a-
gonies de la mort, graces urent rendués
à Dieu par toute la multitude qui estoit
là presente. Le Pere Piteau vint veoir le
retiré, & l'exhorta à remercier Dieu de la
grace qu'il luy auoit faicte de l'oster de là
d'où tous les hommes n'eussent peu sans
sa permission & assistance; il l'interrogea
& luy demanda s'il n'auoit point bien en-
duré du mal estant oppressé d'vne si lour-
de & pesante charge, le pauure homme
qui auoit esté grandement pressé & en-
serré parmy les pierres qui l'enuirónoiét
de telle sorte qu'il ne pouuoit aucunemét
remuer: mais qu'aussi tost qu'il auoit en-
tédu sa voix, & que par son cómádemét
il s'estoit mis à prier Dieu, & reclamer sa
misericorde, qu'aussi tost sa reste qui e-
stoit entre deux grosses pierres, se sentit
allegée & plus au large, & qu'en tout son
corps qui souffroit de grandes & intolera-
bles douleurs, eut vn grand amendemét
toutes les fois qu'il auoit ouy sa parolle,
i'estois, dit-il, auparauant que ie l'eusse
entendue plus mort, que vif, ie ne pou-

uois respirer & desserrer les leures, ie croy-
fermement, que sans vos sainctes prieres,
& celles que i'ay faictes à Dieu, & à No-
stre-Dame de Liesse, ie ne fusse, mais re-
mote où i'estois, il ne m'a voulu oster du
monde sans estre contrit, & vray penitent
de mes pechez, ie recognois que les prieres des gens de bien vallent beaucoup, &
que les vostres m'ont procuré l'estat de la
santé & de la disposition où ie suis, pour
desormais gaigner ma vie, & trauailler
tout de mesme que ie faisois auparauant
e l'accident. Que diront maintenant ceux
qui nient que les prieres sont sans effica-
ce, Sainct Paul, recognoist par ce, que les
prieres peuuoient, enioinct qu'on prie
les vns pour les autres. Escoutez ce qu'il
dit en la 6. aux Ephesiens, *Priez, en toute*
sorte de priere, & requeste, en tout temps, en es-
prit, & veillant à cela auec toute perseuerance
& requeste pour tous, & pour moy. Pourquoy
ne le feroit-on pour ceux qui nous attou-
chent & qui professent ce que nous pro-
fessons, puisque mesme nous deuons prier
pour nos ennemis.

F I N.

oy,
sa
lq,
r &
du
ter
qe,
&
la
our
ller
ant
eux
ca-
les
pue
u'il
que
es
ance
uoy
on-
pro-
rier

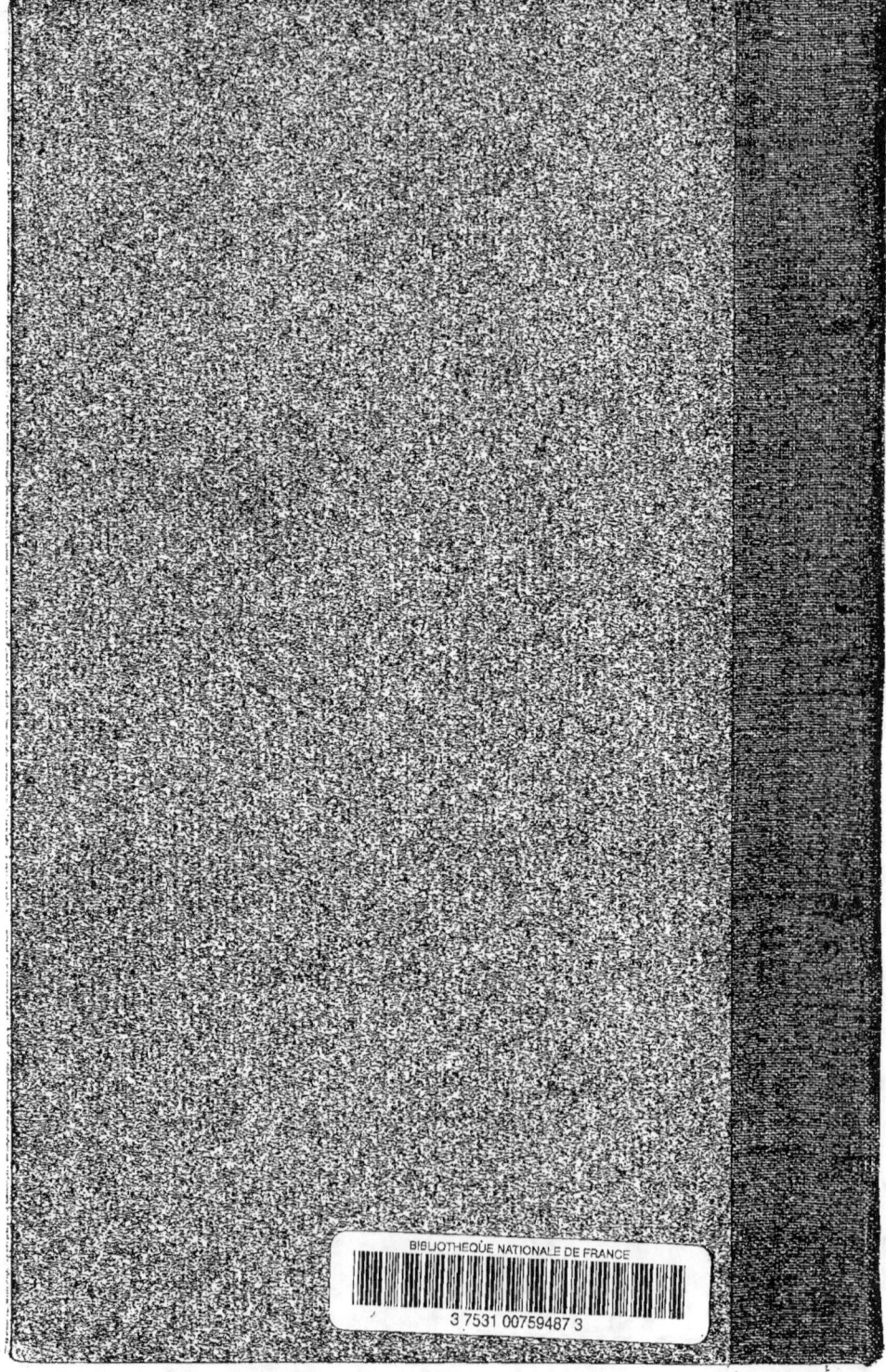

www.ingramcontent.com/pod-product-compliance
Lightning Source LLC
Chambersburg PA
CBHW072215210626
46818CB00014BA/2392

* 9 7 8 2 0 1 1 3 3 4 8 9 3 *